SIX CONTRE UN

Cécile Alix

Je passe mes nuits à lire et collectionne les sourires de mes enfants, les poils de chat sur mon pull noir et les souvenirs à venir.

Je m'intéresse à la philosophie, à la pédagogie sociale et interviens auprès de jeunes atteints de troubles cognitifs. J'écris et mets en scène des pièces de théâtre, anime des cours de théâtre et de relaxation pour enfants et publie chez divers éditeurs. J'accorde une grande place au langage du corps qui, toujours, livre un peu de l'être qui l'habite.

Ce texte est né d'une histoire vraie, ancienne et enfouie. Grâce aux mots d'un ami qui m'a fait comprendre que la danse et la musique sont l'une des plus pures formes d'équilibre, le souffle qui parfois nous manque.

Cécile Alix

SIX CONTRE UN

Magnard Jeunesse

PRESTO
Facile à lire !

- Des récits de jeunesse et d'aventures, écrits à la première personne
- Un format court et une composition aérée
- Tous les textes lus par leurs auteurs et accessibles sur **www.jeunesse.magnard.fr/presto**
- Un accompagnement pédagogique pour l'étude de ces textes en classe

Découvrez aussi :

Si je résume de Jo Hoestlandt

Le Mauvais Exemple d'Éric Boisset

Le Prince devenu mouche d'Éric Simard

Illustration de couverture : © Dimitri Zegboro

© 2018, Magnard Jeunesse
5 allée de la 2e DB — CS 81529 — 75726 Paris 15 Cedex
www.magnardjeunesse.fr

Dépôt légal : mars 2018
ISBN : 978-2-210-96534-8

Tous droits de reproduction, de traduction et d'adaptation réservés pour tous pays.
Loi n° 49-956 du 16-07-1949 sur les publications destinées à la jeunesse.

*Pour Marie-Sylvie P.
Pour tous les Ludo.
Pour Jilani G., boxeur et danseur. Merci !*

Début

Je sais bien qu'il faut que je redresse le menton et que je les regarde dans les yeux, que je ne me laisse pas faire. Je sais bien que tout est de ma faute, que je suis une grosse chiffe molle, un gras du bide, un Big Mac, que si j'étais normal, je n'aurais pas de problème.

Je n'arrive pas à me défendre. Dès qu'ils me frappent, je rentre la tête dans les épaules et je me protège avec mes bras, je m'enroule sur moi-même, je fais l'escargot. Mais je n'ai pas de coquille.

Quand elle rentre à la maison et qu'elle découvre ma lèvre explosée et mon tee-shirt déchiré, ma mère dit :

— Tu t'es encore bagarré, ce n'est plus possible, Ludovic !

Non, maman, je ne me suis pas battu, ils me sont tombés dessus. À six contre un, je n'avais aucune chance. J'veux plus aller au collège, ça va jamais s'arrêter. S'il te plaît, j'veux pas y retourner.

Mais je me tais, parce qu'elle a la vie dure, ma mère. Elle n'arrête pas de me le dire : « C'est pas facile, Ludo, je suis toute seule tout le temps, je suis crevée, j'arrête pas de bosser ! Tu es grand maintenant, aide-moi, au lieu de tout compliquer ! »

*

J'aimerais bien passer inaperçu. Je ne leur demande pas d'être amis avec moi, juste de me lâcher, de m'oublier, de ne plus me voir.

Comment être invisible quand on pèse quatre-vingt-treize kilos ?

J'aimerais bien être un homme, un vrai, gonfler la poitrine quand ils m'insultent, devenir un bloc de béton et parer les coups, foncer dans le tas. J'aimerais devenir une montagne. Je suis deux fois plus lourd qu'eux, j'ai un physique de bulldozer, alors pourquoi je réagis comme un moineau ? Quand je les vois arriver, je sais ce qui va se passer, je serre les poings, les dents, tout ce qui peut se serrer, je sens la colère en moi, monter, monter, je me transforme en gros rocher arrimé à une haine bien solide, que rien ne pourra ébranler.

Une claque, et je casse.

Je me brise.

Je me ratatine.

Aussi mou et gluant qu'un tas de boue.

Chez moi, ce n'est jamais la colère qui gagne, c'est la peur.

*

Hier, pendant le cours de maths, Julien m'a planté la pointe de son compas dans le ventre, comme ça, d'un coup, je n'ai pas pu l'esquiver. J'ai eu mal, alors j'ai crié. Ça a fait un bruit ridicule de mouette enrouée parce que j'ai la voix qui commence à muer. Toute la classe s'est marrée et Alice a tourné la tête vers nous. Dans son regard, j'ai lu la pitié. La prof s'est énervée :

— Ludovic, tu fais encore une fois le pitre, et c'est le bureau du CPE !

Mais m'dame, j'y suis pour rien ! Défendez-moi au lieu de m'engueuler ! À quoi ils servent, vos yeux ? Vous ne pourriez pas voir ce qui se passe, pour une fois ?

J'allais me lever au milieu de la classe, hurler que j'en avais assez, que je ne supportais plus qu'on me traite comme ça, montrer à Alice que je n'étais pas le pauvre type qu'elle plaignait, que je savais me défendre, que je pouvais être un héros, quand j'ai vu son dos. Elle s'était retournée, elle ne me regardait plus. Je me suis dégonflé.

— Tu parles, t'es mort, a murmuré Julien.

Puis il a ajouté :

— De toute façon, Babar, avec tout le lard qui t'enrobe, je suis sûr que t'as rien senti, alors fais pas ta victime.

Je l'ai regardé droit dans les yeux, mais ce n'était pas pour le défier, c'était pour le supplier d'arrêter. Il a repris son compas et il a piqué sèchement la pointe sur le bureau, puis il l'a tournée dans un sens et dans l'autre, en me fixant, avec un sale sourire. Dans le bois, un petit trou s'est creusé. J'ai eu chaud, j'ai senti mes joues devenir rouges et brûlantes, la sueur me dégouliner dans le cou. Mon menton s'est mis à trembler.

— Il va pleurer, bébé Bouboule ? Il veut un Kleenex pour essuyer la morve qui va couler de son gros nez ?

Julien a sorti un mouchoir de son sac et l'a agité devant moi. J'ai détourné le regard et j'ai fait semblant de me concentrer sur mes exercices. Quand la sonnerie a retenti, je me suis dépêché de sortir, tête baissée.

Sur mon ventre, pas loin du nombril, il y a maintenant une tache de sang coagulé bleu-rouge foncé, presque noire.

Dimanche, je vais chez mamie. Je lui demanderai de m'apprendre à coudre. Je pourrai réparer mes vêtements moi-même et ma mère sera tranquille. Elle n'a pas mérité tout ça, comme elle dit.

*

Chaque matin, c'est pareil. Mon futur est un éternel *replay*. Je me lève et j'agis comme un robot. J'essaie de ne penser à rien, de me mettre en pilote automatique, de ne pas ressentir. Je ne déjeune plus, mais je continue à grossir. Mes vêtements me serrent, j'ai l'impression d'être ficelé dedans. Je ferme la porte de l'appartement et je descends les escaliers en rêvant de déjà les remonter à la fin de la journée. Je ne fais plus attention à la couleur du ciel. Pour moi tout est gris, un perpétuel orage tonne au-dessus de ma tête. Je suis comme une vache qui marche vers l'abattoir en raclant ses sabots sur le bitume, muette, la détresse enfoncée dans la gorge comme un poignard. Je passe devant la boulangerie. Avant, le parfum chaud des croissants me donnait la fringale, maintenant il m'écœure. Je longe la voie ferrée, je traverse sur la passerelle. J'aperçois les murs de mon bagne, dressés au fond du parking, de l'autre côté. Le son de mes pas qui traînent sur les marches en fer résonne comme celui des chaînes aux chevilles des forçats. Plus je m'approche du collège, plus je me sens lourd. Je suis mon propre boulet.

Chaque jour, je retourne me noyer. J'existe contre mon gré. J'avance à reculons. Je suis le condamné qui sait son destin inéluctable.

Chaque soir, je passe par la ville pour retourner chez moi. Je fais le grand tour et je perds une demi-heure. Je sais qu'ils viennent ici à la fin des cours, que s'ils me voient, ils vont me rentrer dans le lard et me casser la figure. Il y a trois semaines, ils ont menacé de m'attacher sur les rails pour voir si la graisse giclerait quand le train m'écrabouillerait.

Chaque nuit, je me lève sans bruit et je me remplis. Je me gave de chips, de pâte d'amande, de cookies, de Vache qui rit, de Nutella, de saucisson et de beurre de cacahuète. Je ne peux pas m'en empêcher. C'est comme si toutes ces calories rechargeaient mes batteries et comblaient le grand vide qui me dévore.

*

Le pire, c'est le cours d'EPS de monsieur Germain. Les deux dernières heures du vendredi.

Un gros qui saute en hauteur, ça les fait mourir de rire.

Je me mets en survêt' dès le matin, pour éviter de me changer devant tout le monde. Du coup, je passe pour un gros crado. Aujourd'hui, ça ne rate pas, fin du cours, remake de la semaine dernière. Pourtant j'avais prévu l'affaire... Je me glisse vers la sortie en évitant les vestiaires, mais ils me rattrapent dans le couloir et me poussent dans la pièce à grands coups d'épaule. Dès qu'on entre, les autres garçons de la classe se taisent. Ils s'habillent à toute allure et disparaissent encore plus vite. Je reste seul avec mes bourreaux.

— Alors, Bouboule, tu vas encore mariner toute la soirée dans ta sueur de porc ?

Julien, tu me fatigues, fermez-la, toi et tes potes. Je le connais par cœur, votre refrain, vous êtes tous branchés sur le même secteur...

— Hé ! vous avez vu, les gars ? Seize-neuvième a les moyens ! Il porte un jogg' Armani !

Cause toujours ! Je t'entends plus. Si tu savais comme je m'en fous de tes conneries ! Allez-y, lâchez-vous bien, qu'on en finisse !

— Beurp, c'est dégoûtant, toute cette gélatine dans ces fringues de bourge !

Ça y est, c'est reparti pour le grand défoulement des crétins !... Je l'aime bien, mon jogging. C'est mamie et maman qui me l'ont offert pour mes treize ans.

— Hé, Bouboule ! T'écoutes quand on te parle ?

Non, Ducon, j'suis sourd.

— Tiens, prends ça ! Ça te débouchera les tympans !

Son poing s'écrase sur ma joue. Le choc me sidère, je suis incapable de me défendre, alors il cogne encore. Plus fort que d'habitude. Les autres aussi. Quelque chose explose dans ma tête et cette fois, je n'entends vraiment plus rien. Je m'affale par terre. Quelque chose coule de mon nez, je me passe la langue sur les lèvres.

C'est du sang. Leurs poings s'abattent sur moi comme des grêlons de pierre.

Réagis, Ludo ! Te laisse pas faire, il suffit de le vouloir ! Remue-toi !

Je ne bouge pas. Qu'est-ce qu'elle en sait de ce que je veux, cette petite voix qui me secoue ? Elle ne trouve pas que j'en bave assez ? Je plaque ma paume sur mon oreille. La douleur est atroce.

— Bouboule, Bouboule ! Quand il court, il roule, quand il nage, il coule !

Ils me traînent jusqu'aux douches. Ils peinent à me déplacer. J'essaie de résister, de me débattre, mais mes membres ne me suivent pas. Ma révolte reste au fond de moi, elle n'éclate pas... Je suis fatigué, si fatigué... Qu'est-ce qu'ils vont faire ? Pourquoi ils me foutent là-dedans ?

— Allez ! On va laver Bouboule !

Julien tourne le robinet, l'eau froide jaillit comme un couperet, gicle sur mon crâne et mes épaules, plaque mes cheveux sur mon front, trempe mes vêtements. Je m'enroule comme un embryon. Je me calfeutre en moi-même. Je suffoque. J'ouvre la bouche, j'appelle l'air, l'eau s'engouffre, je m'étrangle, je m'étouffe, je tousse en grosses quintes râpeuses.

— C'est quoi, ce bazar ?

Le prof.

Le prof qui braille en sourdine.

Bizarre, comme sa voix semble étouffée. J'ai l'impression qu'elle passe par un filtre.

D'un coup, l'eau se tarit. J'aspire une longue bouffée d'air qui m'étourdit.

Je sens une main se poser sur ma nuque. Je sursaute, me raidis, je me recroqueville du mieux que je peux.

Non, pitié, attendez. Attendez que je reprenne mon souffle, attendez, attendez...

— Ludo ! Qu'est-ce que...

— Il est tombé dans la douche, m'sieur !

— On essaie de l'aider à se relever, mais il veut pas !

— Il s'est fait mal en glissant, faudrait l'emmener à l'infirmerie.

La main est large, ouverte, la paume presse mon épaule, elle n'agresse pas, ne frappe pas, elle cherche à m'aider. C'est celle de monsieur Germain.

— Nom de d... ! Vous êtes malades ! Qu'est-ce que vous lui avez fait ?

— C'est pas nous, m'sieur, c'est lui qui...

— Vous me prenez pour un abruti ? Il est tombé dans la douche tout habillé, et vous, vous l'aidez à sortir sans couper l'eau ? Hein ? HEIN ? Je ne sais pas ce qui me retient de... Allez ! Fichez-moi le camp, déguerpissez ! Et ne croyez pas que ça va se passer comme ça ! Vous allez le regretter, bande de sauvages !

Il hurle sur Julien et les autres, le son vibre jusqu'au bout de ses doigts. Tout me parvient atténué, comme dans un entonnoir bourré de coton.

— Ils sont partis, Ludo… Ils sont partis.

Il essaie de m'allonger sur le côté, mais je suis trop raide, trop emmêlé.

— Tu peux bouger ?

Je ne sais pas. J'ai pas envie. Je veux rester comme ça.

— Tu vas essayer, mon grand, je vais t'aider.

Il me déplie. Lentement. Sans me forcer. Un os après l'autre. Au ralenti. Tout est tellement silencieux… « Le calme après la tempête », dit tout le temps ma grand-mère. Je me mets à trembler, je ne sais pas pourquoi. C'est comme si j'avais reçu une décharge électrique. J'ai froid. Je claque des dents.

— Calme, calme, Ludo, calme-toi...

Je voudrais bien, je voudrais bien, mais j'y arrive pas, j'en peux plus, j'en peux plus, ça suffit, j'veux mourir, j'étouffe, c'est trop, trop, trop, ça suffit !

— Regarde-moi, Ludo, ouvre les yeux... N'aie pas peur, c'est moi. C'est fini, calme-toi, mon garçon... Là, là... Attention... On va aller doucement... T'inquiète pas...

Le prof m'essuie avec une serviette, palpe mes bras, mes jambes, sans cesser de me parler. Il décrispe ma main plaquée sur mon oreille, relève mon visage avec douceur.

— Tu ne veux pas qu'on essaie de te sortir de cette flaque ?

Je ne veux rien, juste qu'on me fiche la paix.

— Bon... Je vais chercher de quoi te réchauffer. Dans le placard, on a des couvertures de survie.

Je l'entends de l'oreille droite, mais de l'autre côté, la douleur s'accentue. Elle cogne comme une enclume du sommet de mon crâne, en passant par le nez, jusqu'à la naissance de mon cou. Le prof revient.

Il soupire, s'accroupit à côté de moi et me couvre avec un papier doré, très fin.

— Voilà, tu vas te sentir mieux... Je suis là, mon p'tit...

Il téléphone à quelqu'un. Il parle de coups, de blessures. Il dit mon âge, mon nom, l'adresse du collège. Il raccroche, se penche de nouveau sur moi.

— Tu m'entends, bonhomme ? Fais voir ta joue... Purée... pauvre gamin...

Je sens la brisure dans sa voix. Je lève la tête. Son regard est profondément triste. Mouillé. Il ne peut pas pleurer, ça ne pleure pas, un prof.

— Tu ne veux pas me dire quelque chose, juste un mot ?

Je ne sais pas quoi, m'sieur... j'y arrive pas... J'ai mal, j'ai peur, j'ai honte, j'en ai marre, tout ça à la fois...

— C'est pas grave, Ludo, on va attendre tranquillement que le Samu arrive.

Il s'assoit sur le carrelage mouillé et m'entoure de ses bras. Je me laisse faire, j'ai l'impression de redevenir petit, ça me fait du bien. Mon ventre se dénoue, je pose la tête sur son épaule. On reste l'un contre l'autre, en silence. On se repose. Comme au creux d'un oreiller, à la fois moelleux et irréel. Si j'avais moins mal, je crois que je m'endormirais. Je ne tremble plus. Je voudrais que ce moment ne s'arrête jamais.

*

À l'hôpital, ma mère pleure beaucoup.

J'ai des bleus partout et le tympan gauche crevé, les sinus ont été touchés, c'est pour ça que j'ai saigné du nez. Elle a très peur que je devienne sourd, le médecin la rassure. Ça prendra du temps, mais il n'y aura pas de séquelles. De ce côté-là.

Moi, je suis en *stand-by*, je ne ressens plus rien.

Elle m'embrasse toutes les deux minutes, me promet que tout sera plus facile, maintenant... Elle dit aussi que c'est de sa faute, qu'elle part tôt le matin, rentre tard le soir et que je suis livré à moi-même. Elle va changer ses horaires de bureau, même si sa chef râle, elle tiendra bon. Elle sera là à 17 h 45 maxi, elle me cuisinera des plats équilibrés, on pourra parler, aller se balader... Elle n'arrête pas de dire « Pardon, mon chéri, pardon ! » Je lui réponds qu'il n'y a rien à pardonner, qu'elle fait comme elle peut, que je sais qu'elle m'aime. Je déteste qu'elle se sente coupable. Je ne veux plus jamais la voir comme ça.

Je lui dis « Oui, maman, on sera bien », mais je ne crois pas à ses promesses de paradis. Ça ne se passe pas comme ça dans la vraie vie.

J'ai aussi la visite du proviseur, du CPE, de ma prof principale, de deux policières. Ils parlent longtemps. En prenant des gants, comme on dit. Ils n'ont pas l'air à l'aise. Ils me conseillent de porter plainte contre mes agresseurs.

— Tu comprends, on ne pourra rien contre eux, sinon…

Je vois un psy aussi.

Je ne balance pas.

Je confirme que Julien et ses copains n'ont pas menti, que j'ai bien glissé dans la douche pour faire rigoler les autres, que personne ne m'a touché. Que je me suis pété l'oreille contre le robinet et le nez sur le carrelage. Que si j'étais crispé et que je ne répondais pas à monsieur Germain, c'est parce que la chute m'avait sonné et que j'étais à moitié dans les pommes. C'est pas rien, une glissade pareille !

J'arrive même à rire.

Ils ne me croient pas. Ils vont leur donner une leçon.

Julien et sa bande passent en conseil de discipline. Verdict : un mois d'exclusion et interdiction formelle de m'approcher quand ils reviendront en classe.

Ils doivent aussi me « présenter leurs excuses, de vive voix, ici, accompagnés de leurs parents ». « Te voir sur un lit d'hôpital par leur faute les aidera à prendre conscience de la gravité de leur acte. »

Je refuse. « Ils ne vont pas s'excuser alors qu'ils n'ont rien fait », je dis.

Le psy me parle.

Je n'écoute pas.

Ma mère me parle. Monsieur Germain me parle.

Je n'entends pas.

Je répète qu'ils ne sont pas coupables.

Je ne veux pas *les aider* à comprendre.

Je ne veux pas les voir alors que je n'y suis pas obligé.

On me donne leurs six lettres.

J'attends d'être seul pour déchiqueter les enveloppes et jeter aux W.-C. les mots de regret qu'on leur a dictés.

*

Monsieur Germain est assis au bord du lit. Je sors de l'hosto tout à l'heure. Il est passé me voir avant mon départ.

Il dit :

— Pourquoi tu n'as pas voulu qu'on les punisse vraiment ? Ils s'en tirent à bon compte, là...

Je ne réponds pas.

— Tu as toujours très peur d'eux, Ludo ?

Même s'il a mis un point d'interrogation, je comprends que ce n'est pas une question.

Bien sûr que j'ai peur. Je suis en sursis, je le sais. C'est pour ça que je n'ai rien cafté. Avec ces types-là, les chances de survie d'une balance sont aussi faibles que celle d'un moucheron englué dans une toile d'araignée.

Comme d'habitude, les mots restent enfouis, rien ne sort. De toute façon, j'ai dit qu'ils n'étaient pas coupables.

— Pourquoi j'aurais peur ? Ils sont sympas...

Il soupire.

Il me regarde de longues minutes, plein de bienveillance et d'inquiétude.

— Ludo, si à l'avenir tu te sens en danger, même si tu n'en es pas sûr, tu viens me prévenir, d'accord ?

Je promets.

— Tu n'hésites pas. Je compte sur toi ?

Je repromets.

Alors il part, rassuré.

Enfin, je crois.

*

J'aime passer la semaine dans mon lit. Je suis dans un nid. Rien ne peut m'arriver, ici.

*

Retour au collège. Sans Julien et sa bande, c'est vivable. La plupart des gens évitent mon regard, mais Victor et Matthieu me tapotent l'épaule en passant devant le portail, Farid me fait un petit signe en cours de français et Alice me sourit de loin. Je comprends qu'ils hésitent à venir me parler.

Julien va revenir, faut pas bousculer les règles, des fois qu'on s'éloignerait trop du chemin tracé par Sa Majesté. Et comme il y a toujours un ou deux mouchards non identifiés aux oreilles qui traînent, personne ne prend le risque d'être dénoncé.

Je reste seul. Mais au moins, je n'évolue plus en milieu hostile.

Jusqu'à quand ?

Le soir, je peux rentrer par le raccourci. C'est marrant de marcher sur la passerelle pendant le passage du Lyon-Paris de 17 h 06. C'est comme un mini-séisme. Au-dessus, il y a le ciel immobile, dessous, le TGV déchaîné. C'est la machine contre la nature. Au début, on croit que la première gagne, elle rugit, elle accélère, elle met la gomme, elle se fait remarquer, elle roule des mécaniques. Mais finalement, celui qui reste, serein, tranquille, majestueux, celui qui ne prend pas de risque, c'est le grand plafond bleu. J'aime bien être au milieu, sans savoir si j'appartiens au monde d'en bas, à celui d'en haut ou un peu aux deux.

*

Discours du proviseur avant la conférence de prévention contre la violence scolaire.

— Les enfants, si un jour l'un d'entre vous est harcelé, il ne doit pas garder le silence. L'équipe éducative est là pour vous aider. Le collège doit être comme une seconde maison dans laquelle vous ne devez pas vous sentir en danger, ajoute-t-il en me regardant d'un air protecteur.

Je regarde ailleurs, je ne suis pas concerné. Je n'aime pas plus les trémolos dans sa voix que le verbe « devoir » qu'il emploie à tout bout de champ. Tout le monde l'applaudit, moi aussi.

Son blabla ne me fait ni chaud ni froid. « L'équipe éducative », c'est personne et trop de monde à la fois. Le collège n'est pas une maison mais une prison. Les murs n'ont ni âme, ni cœur, ni visage. Aucun traumatisme ne les empêche jamais d'abriter des générations et des générations d'élèves. Bourreaux, victimes, qu'est-ce que ça peut faire ? Tout passe, rien ne s'imprime... Le proviseur a oublié d'évoquer les gens, finalement.

Le psychologue qui nous parle pendant deux heures, c'est celui que j'ai vu à l'hosto. Il a la tête du type ouvert qui veut bien faire, « mais qui ne peut pas grand-chose si en face, l'autre ne donne pas son accord ». Il a raison, je n'ai pas donné mon accord, désolé. En même temps, c'est pas lui qui prend le risque de se faire tabasser. Moins t'en dis, moins t'es en danger, c'est ma devise.

Il nous passe des vidéos d'*ados en souffrance* qu'il commente. Il dit *gestion des conflits*, *public vulnérable*, *solidarité active*, *effet boomerang*, *stratégie de résistance*. Je découvre qu'il existe un lexique savant et imagé pour décrire le problème. Ils ont mis des mots sur tout. C'est comme si ma vie devenait de la littérature.

Dans chaque vidéo, un élève en prend plein la figure. Il y a un intello premier de la classe rejeté par la bande des boloss, une fille draguée contre son gré par quatre types bien lourds, une autre, victime de racisme et un garçon harcelé par toute sa classe sur Facebook. On devine que ce sont des fictions avec des comédiens. Ils jouent plutôt bien mais ça sonne faux... Les gentils sont trop gentils, ils n'ont pas une seule réaction de révolte, ils ne crispent jamais les poings, n'éprouvent jamais de vraie colère, ne sont pas complètement seuls et parviennent toujours, finalement, à se confier à quelqu'un. Les méchants ne le sont pas assez... Pas un mot trop vulgaire, rien de dégoûtant, les insultes et les menaces ne sont pas crédibles. Ni morve ni sang, juste du maquillage qui coule de temps en temps. Il n'y a rien de sale... C'est ça qui me dérange, c'est trop propre. À la fin, systématiquement, des élèves sympas viennent porter secours aux victimes, les harceleurs finissent toujours par avoir honte et par demander pardon. C'est de la violence à l'eau de rose.

Le psy ne s'adresse pas directement à moi quand il interroge le groupe, mais son regard croise souvent le mien, comme s'il me demandait mon avis sur ce qu'on voit.

C'est du grand n'importe quoi ! Vous croyez vraiment que ça se termine avec un « Pardon pour le mal que je t'ai fait » et que tout le monde s'embrasse ? On n'est pas dans le monde merveilleux de Oui-Oui ! Les scénaristes n'ont jamais mis les pieds dans une cour, ou quoi ? Peut-être qu'ils ont oublié que le collège, des fois, ça ressemble à la guerre.

Je me demande quelle tête il ferait si je lui balançais tout ça.

Pour chaque problème, il sort une recette miracle, un système de défense impraticable dans la réalité. Pour calmer les pitbulls qui agressent le premier de la classe, il propose un tee-shirt imprimé : « Je suis intello, ça prouve que j'ai un cerveau. Et le vôtre, il est où ? »

Il rêve ! Personne ne risquerait de s'afficher au collège avec ça sur le dos ! Quand on se prend des insultes et des beignes à longueur de journée, on est tellement mal dans sa peau et dans sa tête qu'on ne va pas en rajouter en se faisant remarquer ! Les adultes veulent qu'on s'affranchisse des codes, mais le monde est construit sur ces codes ! On doit suivre le mouvement, on n'a pas le choix, sinon c'est foutu.

Ça m'étonnerait que ce psy connaisse la vraie violence, qu'il se soit fait mater par des plus forts que lui. Il a appris à défendre les autres dans les livres, ses solutions sont complètement idéalistes…

*

Je me réveille en sueur.
Cauchemar.

Je palpe avec prudence mes cheveux, mon visage... mes bras, mes jambes. Je suis entier.

Un serpent sournois siffle dans mon oreille. Siffle, siffle sa sentence... « Ludovic T., condamné à perpétuité. »

J'essaie d'effacer de ma nuit le Julien grimaçant. Celui qui, l'instant d'avant, me lardait les tempes de coups d'aiguille, me démembrait et jetait mes morceaux dans des flaques de sang.

*

Ma mère tient parole, elle vide les placards de « toutes les cochonneries » et nous met au régime légumes frais, fruits, poissons et viande blanche. Elle cuisine bien, j'avais oublié.

Je ne me gave plus la nuit. Pas envie de croquer une carotte à deux heures du mat'. Quand l'angoisse hache mon sommeil, je vais boire un verre d'eau sur le balcon. L'air glacé me réveille, le quartier endormi m'apaise.

On se balade à Lyon. Elle a dit : « On habite à un quart d'heure de tram d'une ville magnifique, et on n'en profite jamais ! »

On flâne du côté de l'Opéra, c'est beau, les décorations de Noël scintillent, il y a de la musique... Je laisse flotter mon regard sur les visages, j'aime être anonyme, marcher au milieu des autres sans signe particulier. Oublier un moment que je suis un sous-homme, un déchet, une grosse larve inutile. Je m'amuse à imprimer sur ma rétine une mosaïque humaine. Ce nez, cette bouche, ce cou, ce front... C'est amusant de ne regarder qu'un détail des gens. Cet œil, ce sourcil, ce menton, cette oreille, cette pommette... Cette pommette ! Je me retourne, cherche sa propriétaire... ce ne serait pas... c'est Alice ! Méconnaissable. Tout en noir, avec des baskets blanches éblouissantes, ses cheveux blonds relevés en queue-de-cheval au sommet de sa tête. Magnifique !

Elle m'aperçoit à son tour et me fait de grands signes. Le groupe qui l'entoure se tourne dans ma direction.

— Hou, hou ! Ludo ! Viens !

Je n'en reviens pas.

Ma mère n'a pas entendu, elle m'entraîne plus loin. Cette fois, c'est moi qui refuse de franchir la ligne. Qu'est-ce qu'elle fait des règles, Alice ? Qu'est-ce qui lui prend ? Demain Julien et sa clique réintègrent le collège, elle l'a oublié ?

Milieu

Sueurs froides.
Je pourrais sécher les cours…

Non, mon vieux, faut y aller. Ils seront là, et alors ? Tu t'y es préparé. « Personne n'est dupe, a dit ta mère. Nous savons tous que c'est eux qui t'ont mis dans cet état, et ils savent que nous savons. Tout le collège va les avoir à l'œil. » Allez, avance, mon pote ! T'inquiète, si les murs veillent, t'as pas à t'en faire.

J'ai envie de vomir. Sifflement dans mon oreille. Sifflement sarcastique de serpent.

J'avance sur la passerelle, l'angoisse au creux du ventre. J'ai envie de pleurer. De retourner m'enfouir sous ma couette. J'ai mal à la tête. Mon corps est parcouru de spasmes incontrôlables. Je m'agrippe à la rampe d'escalier. Souffle court. Je dois me calmer. Respirer. Penser à autre chose. Je ferme les yeux. Alice... elle était différente, hier. Différente mais vraiment elle. J'avais l'impression de la voir pour la première fois. Je pensais que c'était une fille timide, là, elle avait l'air... libre.

J'ouvre les yeux, je regarde le ciel. Il est bleu. Il semblait gris tout à l'heure.

Tu vois, les couleurs existent ! En route, Ludo !

Un oiseau passe au-dessus de ma tête. Il plane un instant avant de disparaître, du vent dans les ailes. Sur le parking, monsieur Germain sort de sa voiture. Il m'aperçoit et me sourit.

J'y vais !

*

Je me glisse dans la cour, ils sont à côté du foyer. Je me dirige discrètement vers l'angle opposé. Apnée.

Inspire, expire, respire...

Je les observe en douce. Un nerf s'excite sous ma paupière. Vision syncopée. Ils n'ont pas dû me repérer, ils ne m'adressent pas un regard.

Quand la prof de maths annonce à Julien que désormais sa place sera à côté de Bérénice, au premier rang, il ne dit rien. Il s'assoit sans se retourner. Pas un geste déplacé.

Si c'était un piège ? S'ils attendaient que je baisse la garde pour me tomber dessus ? Je reste prudent et retrouve mes habitudes. Je passe la récré planqué dans les toilettes du haut.

À midi, j'hésite à me rendre au self, c'est souvent là que ça commençait. Ils se mettaient à manger avec leurs doigts en me fixant et en grognant comme des porcs.

Je m'assois sur une marche de l'escalier de secours avec un bouquin, mais le pion me repère, alors je file à l'intérieur avant qu'il m'interpelle devant tout le monde. Ni Julien ni ses chacals ne semblent me voir. Ils m'ignorent complètement. Tout l'après-midi, je savoure la sensation merveilleuse d'être transparent.

À la sortie, Alice m'aborde :

— Pourquoi tu n'es pas venu nous retrouver, hier ?

— J'étais avec ma mère, je bredouille.

— Ah... Ok, je comprends.

Ses yeux sourient. Ils sont gris. Gris mer de Chine. À la fois velouté et transparent.

On garde le silence. Ce n'est pas embarrassant, c'est seulement qu'on ne sait pas comment continuer, on ne s'était jamais parlé aussi longtemps.

— Faut que je rentre.

— Moi aussi ! Alors à demain, Ludo !

Je me sens léger.

Je me sens fort.

Je me sens vivant.

Rien de terrible ne peut m'arriver, aujourd'hui.

J'hésite un instant, je pourrais prendre le raccourci…

Pas la peine de chercher les embrouilles, autant finir la journée tranquille. J'oblique côté ville.

*

J'arrive dans ma rue. Ma mère sera là dans vingt minutes… Je n'ai presque pas de devoirs, si je l'aide à ranger et à préparer le repas, on pourra peut-être se faire un ciné ?

Je ne sais pas ce qui m'alerte, quelque chose me pousse à redresser la tête et à ralentir le pas. Il y a un truc qui cloche... C'est quoi, cette musique ? Je...

Ils sont là. À cinquante mètres de moi. Assis sur le muret en face de l'entrée de mon immeuble. La meute au complet. Julien me tourne le dos. Sur son blouson, une tête de mort me fixe de ses yeux carnivores. Il parle aux autres en agitant les bras. Ils rient. Leur enceinte crache le rap de Gradur.

Je ne sais pas quoi faire. Mon cœur s'est arrêté un instant avant d'entamer une course folle.

J'avance en rasant les murs.

Ils montent le son.

Aucun ne tourne la tête vers moi, pourtant je suis certain qu'ils ont conscience de ma présence. Plus que trente pas, un calvaire. Mes doigts tremblent, je tape trois fois le digicode, m'engouffre dans le hall, monte l'étage en soufflant, déverrouille la porte et me précipite dans l'appartement. Planqué derrière le rideau du salon, je les épie en me rongeant les ongles.

Dans la vitre, mon reflet blafard. Et eux derrière.

Je vais vomir dans la cuvette des toilettes.

Ils partent avant le retour de ma mère, sans se presser... une bonne bande de copains. Juste avant de tourner au coin de la rue, Julien lève le bras et agite la main, comme pour saluer quelqu'un. Je comprends le message, il ne me lâchera jamais. Il est là et bien là.

*

Faut que j'te parle maman. Ça recommence, ils finiront par m'avoir, je le sens.

Ils font une fixette sur moi, ils vont se venger. Faut qu'on parte loin d'eux, qu'on recommence une vie ailleurs. Si on allait à Lyon ? Ça te rapprocherait de ton travail ! Je sais que les loyers sont chers, mais je m'en fiche d'habiter un appart deux fois plus petit, de ne pas avoir de balcon et de bouffer des pâtes ! Je voudrais qu'on s'efface d'ici, qu'on fasse comme si tout ça n'avait jamais existé.

— Alors, mon Ludo ?

Elle pose la question presque avant d'entrer. Elle s'est inquiétée toute la journée.

— Tout s'est bien passé.

Elle est tellement soulagée, qu'elle s'écroule sur le canapé.

— Ils t'ont fichu la paix ? C'est vrai ?

— M'man, je t'assure, ils ne m'ont jamais rien fait !

— Ludo !

— Ils ne m'ont même pas regardé aujourd'hui ! Je te le jure.

— Sûr ?

— Sûr.

— Je te l'avais dit ! On a gagné, mon chéri !

Son sourire s'épanouit, ses yeux brillent, sa peau s'illumine et tout son visage s'éclaire, ça lui fait vraiment plaisir, à ma mère. Soudain, je me rends compte à quel point je l'aime.

Je ne lui dirai pas la vérité. Ni à elle ni à personne. Je ne détruirai pas le nid douillet qu'elle s'efforce de nous fabriquer, je ne lui casserai pas ses rêves. Je suis vieux, maintenant, je peux la protéger, j'ai pris cent ans en une demi-heure. Je n'ai plus rien d'un enfant. Je me sens tout usé, tout vidé, tout rongé à l'intérieur.

*

Ils sont sur mon chemin, le soir, en ville.

Ils sont sur mon trottoir.

Ils sont dans le tram, ils sont au supermarché, à la pharmacie, au ciné, ils sont même dans le train qui m'emmène chez ma grand-mère, un dimanche par mois.

Ils sont. Je ne suis plus.

*

Au collège, dès la première heure, j'attends avec angoisse la dernière sonnerie. Mes notes commencent à baisser, ça ne me touche pas. Je n'écoute pas, je ne travaille pas, je n'apprends pas. Je garde mes forces pour tenir le coup à la maison. Manger, rire, plaisanter, raconter n'importe quoi sur ma journée, écouter, répondre des trucs sensés, avoir l'air normal. Ça me pompe toute mon énergie. Ma mère ne se doute de rien. Elle est heureuse et c'est ce que je veux. Elle dit : « Le régime te fait un bien fou ! » J'ai perdu douze kilos en deux mois. Mamie trouve que j'ai une petite mine.

*

Alice m'a demandé de l'accompagner à Lyon mercredi après-midi, mais je ne veux pas, je ne veux plus. Pas envie de la mêler à tout ça, d'avoir d'autres problèmes sur les bras. Elle a insisté. Je n'ai pas répondu. Le gris de ses prunelles est devenu métallique, aussi perçant qu'une lance. Elle a tourné les talons et s'est éloignée. J'en aurais pleuré.

J'en ai pleuré.

*

J'attends. J'attends que ça se dégrade.

Je sais comment ça va se passer. En empirant sournoisement, douloureusement. Julien est un as de la torture. Ça fait un moment qu'on ne joue plus, c'est de la haine pure. Avant la cinquième, on s'était à peine croisés dans les couloirs, pourquoi me déteste-t-il à ce point ?

*

Je surprends mon reflet dans une vitrine. Il a raison, je suis répugnant, je déborde de partout, je ressemble à une boule molle avec une tête dessus. Je l'écœure... Je m'écœure.

*

Demain, j'irai leur parler, on s'expliquera une bonne fois. J'arrêterai ça ! Je n'en peux plus de leur cinéma. Ils sont malades, pervers ! Tous des psychopathes ! Je voudrais qu'ils meurent. Le soir, je prie je ne sais qui pour qu'ils aient un accident collectif ou une maladie grave et contagieuse qui les décime pendant la nuit. Pour qu'ils crament dans leurs lits.

Je sais que demain sera comme aujourd'hui. Ces salauds se porteront comme des charmes, je serai tétanisé devant eux et ils me pourriront la vie.

*

Peu de personnes imaginent qu'un enfant puisse être un tortionnaire. Un vrai, un dur. À onze, douze, treize, quatorze ans, on n'est pas un criminel !

« Bien sûr, ça arrive qu'un jeune déraille, qu'il pète un câble, mais il suffit d'être ferme, de le remettre dans le droit chemin, de le punir sévèrement pour qu'il comprenne. »

La cruauté n'est pas réservée aux plus de dix-huit ans. On peut souffrir à en crever dans une cour de collège. On peut se faire torturer et vivre un enfer. Elle dérange, la violence des ados. Elle flanque la trouille. C'est pas normal, c'est trop tôt. Quand on entend à la radio qu'une fille de douze ans en a brûlé une autre, qu'une bande de quatrièmes a battu à mort un garçon de sixième, personne ne trouve les mots pour dire l'effroi. Tout le monde est paralysé. Tout le monde se tait. Moi le premier.

*

Ils n'ont pas commencé par les coups. C'est venu petit à petit il y a un an et demi. Une pincette dans le couloir, une vanne au self, deux, trois bourrades dans les escaliers, un tube de peinture pressé sur mes baskets en arts plastiques, rien de terrible.

Enfin, si, au fond…

Ils ont fait le vide autour de moi tout au long de l'année. Mes copains m'ont laissé tomber, ça n'a pas traîné ! D'un côté, gras du bide et ses ennemis jurés, de l'autre, la tranquillité assurée. Ils ont préféré la deuxième option. À leur place, j'aurais sans doute fait le même choix. J'ai cru que j'allais devenir dingue de ne plus pouvoir parler avec Matthieu et Victor, on se connaissait depuis la maternelle ! Ça m'a empêché de dormir pendant des nuits, c'était trop dur. Puis je me suis habitué.

C'est peut-être pour ça qu'ils se sont énervés, parce que je donnais l'impression que rien ne me touchait…

À la rentrée, Julien est devenu plus agressif. À chaque récré, il s'approchait de moi avec ses potes, me bousculait, en mode « On rigole bien entre copains », pour que les pions ne se doutent de rien. Ils s'acharnaient sur mes affaires, vidaient mon sac quand ça sonnait, tiraient de toutes leurs forces sur la capuche de mon blouson, écrasaient ma trousse... Quand le pli a été pris, que là aussi j'ai fini par ne plus vraiment réagir, ils m'ont cogné comme des brutes.

Maintenant, je ne sais pas ce qu'ils préparent... Je sens que ça va aller encore plus loin. Jusqu'où ?

*

Je rentre. Ils ne m'attendent pas en bas. Ils ne m'ont pas suivi dans la rue. Je ne me sens même pas soulagé.

Le téléphone fixe sonne, je décroche, « Allô ? » Un souffle rauque me répond. Je raccroche.

Mains moites. Sueur. Jambes en coton.

*

Texto.

Un gif animé. Le cercueil s'ouvre et se referme en cadence. À l'intérieur, un petit squelette rouge m'envoie un baiser.

*

— Qu'est-ce qui ne va pas, Ludo ?

Alice s'inquiète. Elle est folle de me parler devant tout le monde !

Je lui tourne le dos.

*

Cinq heures du mat', impossible de dormir. Grande énorme gigantesque trouille au creux des intestins. Diarrhée.

Ma mère croit que c'est une gastro. Elle me bourre de Smecta et d'eau de riz. J'en rajoute un peu. Elle me dit de rester au lit, elle appellera la vie scolaire.

Pendant cinq jours, je ne sors pas. Ça me repose.

*

Boulette de papier sur le balcon.

Je défroisse.

La photo en noir et blanc d'une main de fille. À l'annulaire, une bague avec une incrustation de nacre en forme de larme.

Je la fixe longuement. Elle ne m'évoque rien. Je ne comprends pas.

*

— Ça va Ludo ?
— Oui, oui...
— Pas de problèmes ?
— Non, non...
— Tu as fondu, dis donc !
— On fait un régime, avec ma mère...
— C'est spectaculaire ! Fais attention, quand même, faut pas perdre trop d'un coup. Je te trouve pâlot...
— ...
— Tu es sûr que ça va ?

— Oui, oui !

— Ils ne t'ont pas embêté ?

— Mais non ! Je ne sais pas pourquoi vous avez cru ça, ils n'ont jam...

— Ludo... arrête. Pas avec moi.

— Ils ne me parlent pas ! Ils ne me regardent même pas !

— Bon... Je suis là, tu sais ?

— Je sais, c'est gentil, mais tout va bien.

— Tu veux que je te raccompagne chez toi ?

— Non merci, ça ira, j'aime marcher un peu après les cours... Bon week-end, m'sieur !

— À toi aussi, Ludo.

Monsieur Germain me sourit d'un air bizarre et monte dans sa voiture.

*

Vacances de février.

Dehors, eux, partout. Dedans, moi, cloîtré.

*

Dans la boîte, une lettre à mon nom.

Je ne reçois jamais de courrier.

Je déchire l'enveloppe, affolé.

Encore la photo de la main à la bague ! Mais cette fois, la larme a été coloriée en rouge. On dirait une goutte de sang.

Je ne comprends toujours pas. Je ne connais pas ce bijou. C'est quoi, le message de Julien ? Qu'est-ce qu'il cherche à me dire, cette fois ?

En montant l'escalier, je me fige. Comment a-t-il fait pour entrer ? Les voisins sont du genre méfiant, ils n'auraient pas ouvert à un inconnu.

*

> Coucou Ludo ! On arrête de se faire la tête ? RDV au tram à 14 h ? T'es dispo ? Dis oui, je voudrais te parler d'un truc. ☺
> Alice

> Un truc grave ?

Non ! ☺ Pas grave, tqt ! Alors OK ?

Je regarde par la fenêtre. Personne en bas.

Ça fait trois jours que je ne les ai pas vus.

Je sors sur le balcon, inspecte la rue. À droite, une mémé et son chien. À gauche, c'est vide. J'y vais ? J'y vais pas ? Ils sont peut-être partis en vacances au ski, ils n'en sauront rien… J'y… J'y vais.

?

???

> ok

👍☺

*

J'ai un quart d'heure d'avance. Alice m'attend déjà sous l'abri transparent. Je voulais avoir le temps de vérifier qu'ils ne se planquaient pas dans le coin. Ils sont spécialistes de l'apparition subite au moment où je m'y attends le moins. C'est comme le jeu du chat et de la souris, avec six chats pour une souris.

J'épie les alentours. Je fouille les angles, les ombres, les bancs, les murs, les troncs. Pas un vautour en vue.

Elle sourit, je souris. On reste un instant l'un face à l'autre, reliés par la buée qui s'échappe de nos bouches. Il fait − 3°. On a l'air un peu bêtes, mais c'est marrant. Ça fait une éternité que je n'ai pas parlé à quelqu'un de mon âge.

— C'est super que tu sois venu. J'avais peur que tu dises non.

— Excuse-moi pour l'autre fois, c'est que... enfin... je...

— C'est pas grave, tu es là !

— Alors ? De quoi tu voulais me parler ?

Elle me regarde d'un air mystérieux.

— Patience... Il faut que je t'emmène quelque part, avant !

— Où ?

— Surprise ! Tu verras !

Elle porte les mains en coupe jusqu'à ses lèvres, souffle dessus pour les réchauffer.

— Regarde, j'ai les doigts gelés ! Je suis trop bête, j'ai mes gants dans ma poche ! Ben... qu'est-ce que tu as Ludo ? T'es tout blanc, ça ne va pas ? Mais... Ludo ! Où tu vas ?

Sur l'annulaire d'Alice, rougi par le froid, j'ai vu une bague très fine avec une larme de nacre, la même, exactement la même, que celle sur la photo.

Je cours. Je cours loin d'elle. Je l'entends crier dans mon dos. M'appeler. Les larmes m'aveuglent. Je cours.

C'était une menace, ils vont s'en prendre à elle pour m'atteindre. Les lâches !

On s'est parlé quatre fois, qu'est-ce qu'ils s'imaginent ? Qu'elle s'intéresse à moi ? Que je tiens à elle ? Que s'ils s'en prennent à cette fille, ça me détruira, parce qu'elle est mon amie ? On se connaît à peine, elle a pitié, c'est tout ! Et moi, pourquoi je suis venu la retrouver ? Pourquoi je n'ai pas résisté ? Qu'est-ce que je croyais ? Que je pouvais vivre comme tout le monde ? Ils vont lui faire quoi, ces malades ?

Ils ont raison. S'ils s'en prennent à Alice, oui, ça me détruira.

*

J'ai compris, Julien. J'ai mis le temps, mais j'ai capté. Tu veux me faire souffrir en attaquant ceux qui comptent pour moi ? Tu peux être content, ça me fout en l'air ! Et après ? Quand j'aurai définitivement viré Alice de ma vie, tu menaceras qui ? Il n'y a pas un seul autre élève qui ose me parler ! Ni même m'approcher ! Je suis le chien galeux du collège, t'as fait le grand ménage autour de moi ! Alors, qui est-ce que tu attaqueras pour me faire du mal ? Pour que je me sente bien coupable d'exister ? Ma mère ? Ma grand-mère ? Monsieur Germain ? Je suis sûr que t'es capable d'aller aussi loin ! T'es qu'un animal, Julien, une sale bête féroce ! Si je pouvais, je te piétinerais, je t'écrabouillerais comme une grosse m... Mais je ne suis pas comme toi. Je ne suis pas un violent, j'aime pas les coups, le sang qui gicle, j'aime pas quand ça crie. Tu sais quoi ? Je ne suis qu'une bouse, mais c'est moi qui aurai le mot de la fin ! Il va disparaître, le gros, s'effacer de la surface terrestre. Le monde continuera très bien à tourner sans moi, et toi, tu resteras comme un crétin au milieu de tes hyènes. P't'être qu'elles te boufferont quand elles m'auront plus sous la dent. Ou alors ce sera toi qui t'acharneras sur elles. Je te plains, tu vas t'ennuyer sans tête de lard à martyriser. Je voudrais te le cracher à la figure, te le gueuler bien fort, tu ne toucheras pas aux gens que j'aime !

Je ne rentre pas à l'appartement, je cours jusqu'à la passerelle. Je sais ce que j'ai à faire. Je ne distingue plus rien autour de moi, je vois seulement les rails, au-dessous, qui ressemblent à de longues balafres couturées. J'entends le train avant de le voir. Je sens la passerelle vibrer sous mes pieds. Pas besoin de sauter, juste se laisser entraîner par la force de gravité. Glisser, s'écraser lourdement et devenir léger. Ne plus avoir la sensation du poids, s'envoler. Faut pas que je réfléchisse, faut pas que je rumine, comme dit mamie. Je suis trempé, je sue de l'eau glacée, la tête me tourne comme après une insolation. Je me sens dans un état second. Le vide m'attire. Je me penche vers l'avant. Il y a un trou dans la rambarde. Pile au bon endroit. Il manque les barres. Voilà le train. Ce ne sera pas long. Qu'est-ce qu'une seconde de souffrance contre une éternité de paix ? Je n'ai pas peur, je ferme les yeux. Je suis une montagne. De sable. Tellement fluide maintenant... Compte à rebours : six, cinq, quatre, trois, deux, un.

— Recule, Ludo.

Suite

Alice m'agrippe par les épaules et me tire en arrière. Le convoi gronde sous nos pieds. Je sens la pression des bras qui m'entourent et me retiennent. Elle pose son front sur mon dos. Le fracas des roues sur la voie est infernal. On pleure tous les deux, elle derrière, moi, devant. Longtemps.

— Viens...

On avance, semblables à des petits vieux dans la tempête. On descend les marches une à une, on trébuche un peu.

C'est comme si on revenait de la guerre. Lessivés. Dévastés. On a vécu la fin du monde.

*

Dans la cuisine d'Alice, il y a un long phasme accroché à la vitre d'un vivarium rempli de lierre. Il se replie à une vitesse étonnante. On le distingue à peine. Son corps-branche se fond entre les feuilles.

On l'observe un moment. Alice se redresse sur sa chaise, elle fait glisser la bague de son doigt, la pose sur la table.

— C'est quoi, le problème avec ça ?

Elle a la voix rauque, tendue.

— …

— Tout à l'heure, tu as regardé mes mains, tu es devenu tout blanc et tu t'es enfui pour…

Sa voix s'étrangle.

— Tu as voulu mourir. C'est à cause de moi ? Je ne comprends pas.

Du menton, elle désigne la larme de nacre. Son regard m'interroge.

Je ne peux pas répondre, Alice. J'ai pas l'habitude de parler...

Mon cœur s'accélère.

Me regarde pas comme ça, je t'en supplie... Je ne trouve pas les bons mots, je ne sais pas par où commencer.

J'ouvre la bouche. Je la referme.

— Je...

Elle attend. Je suis un volcan de lave polaire.

— J'voulais pas vraiment faire ça...

C'est tout ce qui sort.

— Si. Tu voulais vraiment.

Elle dit :

— On n'est pas bavards, tous les deux, mais faut qu'on se force un peu, ça ne peut pas continuer. Je commence, si ça peut t'aider...

Elle a un sourire triste.

— J'ai compris ce qui se passait avant les vacances de la Toussaint. J'ai vu comment Julien te traitait. Pire qu'un moins que rien !

Je lève une main pour protester, mais elle pose la sienne dessus et elle continue :

— J'ai pas bougé, j'avais peur de devenir sa cible, moi aussi. J'ai pas eu le courage de les dénoncer, lui et les autres tarés. Je n'ai pensé qu'à ma petite personne. J'en suis malade de honte.

Gorge nouée. C'est dur pour moi, dur pour elle. Elle a la volonté qui me manque.

— Tu sais, je croyais que je n'avais pas le choix, je pensais que ça ne servirait à rien de t'aider. Alors, je me suis tue au lieu de parler. Quand tu es revenu de l'hôpital et que j'ai vu ton visage, ça m'a fait un électrochoc. J'ai su ce que je voulais vraiment. J'ai mis du temps avant d'oser t'aborder, je me sentais trop nulle. Et puis, il y a eu les films sur le harcèlement... C'était fort, ça m'a mise en face de la réalité. J'ai compris que moi aussi, j'étais prisonnière de Julien, d'une certaine façon...

Ses yeux dans les miens.

— Tu n'es pas responsable, Ludo, tu n'es pas coupable des coups que tu t'es pris. Personne ne mérite ce qu'ils t'ont fait ! Tu n'as pas à souffrir comme ça, Moi, je ne l'accepte plus ! Il n'y a pas de raison.

— Faut pas se voiler la face, t'as vu mon poids...

— Tu délires ! On s'en fout de ton poids ! Je ne vois pas le rapport !

— Je le dégoûte...

— Écoute, je vais peut-être te paraître ridicule, mais j'ai réfléchi à tout ça, au physique, à la manière dont tout le monde se juge. Regarde, dans une forêt, il y a de tout, des chênes, des bouleaux... T'as déjà entendu quelqu'un dire à un bouleau qu'il était trop maigre ou à un chêne qu'il était trop gros ? Quand un arbre est rongé par la vermine, il peut s'appuyer sur les branches de ses voisins, ça l'empêche de tomber, et les autres le nourrissent de leur sève par les racines... Ils sont solidaires, en quelque sorte. C'est complètement incohérent de critiquer l'apparence des gens ! C'est pas plus intelligent que de se moquer d'un arbre !

J'avale ma salive. Comment parvient-elle à toucher si juste en si peu de mots ?

— T'es plus seul, Ludo. J'ai voulu te l'expliquer, j'ai essayé, mais...

— ...

Chiale pas, mon vieux, tiens-toi un peu.
— J'ai cru que tu m'en voulais…
Non… non. Si tu savais…
— …
— Tu avais une tête de zombie, tu as maigri d'un coup, t'écoutais même plus les profs… J'ai bien vu que ça ne s'arrangeait pas. Je ne comprenais pas pourquoi. Je surveillais Julien et les autres, en cours, au self, partout ! Ils respectaient le deal, ils se tenaient loin de toi. Alors quoi ? Je me suis dit que j'allais tout faire pour te parler, jusqu'à ce que tu sois d'accord. J'étais super heureuse quand tu m'as répondu tout à l'heure !

Elle retourne ma main, et dans ma paume, elle dépose la bague.

— Maintenant, je suis avec toi, Ludo. Ce n'est pas de la pitié… On s'entend bien, j'aime quand on se parle, j'aime quand on est tous les deux, qu'on se comprend en silence, je me fiche que tu sois un chêne ou un bouleau. Je déteste quand tu es mal...

Sa voix chavire. Elle se brise. Les larmes roulent sur ses joues.

— Je ne veux plus que tu essaies de te jeter sous un train. Dis-moi ce qui se passe, faut qu'on s'aide tous les deux, explique-moi.

Elle referme mes doigts sur la bague.

Je parle.

*

Estelle, la mère d'Alice est rentrée. Elle a appelé la mienne...

Dans la boîte en plastique, le phasme ronge ses feuilles, imperturbable.

Estelle prépare du thé. Les tasses fument.

Toutes les trois me regardent, inquiètes, les yeux pleins de douceur.

Je me fissure, je cède.

Je leur dis pourquoi je n'arrive plus à vivre.

Les mots jaillissent et se tarissent, se déversent et me noient, se dressent en murs de violence et de haine. Je me cogne, je bute, mais je continue. Parfois, ils m'échappent. Je perds pied, je panique. Elles m'aident, me soutiennent, me portent. Je regrette de ne pas être plus fort, de ne pas savoir me défendre...

— Personne ne peut se sortir seul d'une situation pareille, dit Estelle.

— Ils vont vous pourrir la vie à vous aussi...

— Alors, là, détrompe-toi ! On va se battre tous ensemble !

— Je voudrais que rien de tout ça ne soit arrivé.

— C'est arrivé, dit ma mère.

Elle passe un bras autour de mes épaules.

— Maintenant, nous allons faire en sorte que cela se termine.

*

Hébétude.

Fatigue.

Médecin. Visite à domicile. « Il lui faut du silence, du calme et du repos. »

Plus de cours. Téléphone décroché, rideaux tirés, porte verrouillée. Terré sous la couette, oreiller sur la tête.

Qu'est-ce que j'ai fait ? Pourquoi j'ai parlé ? Ils vont se venger !

Alice assise au bord du lit, sa main sur mon bras, monsieur Germain dans le salon, maman soldat, Estelle, son sourire et son cake au citron. Une lettre de mamie. Elle viendra samedi. Ils m'entourent, essaient de combattre l'immense terreur qui me dévore. Ils squattent ma solitude. Je fais tout pour les aider, mais je sombre.

*

Le prof conduit. Ma mère à côté de lui. Alice sur la banquette arrière et moi à côté d'elle. Figé. Sec. Glacé.

Commissariat de police.

Parler. Encore et toujours parler et raconter. Sans rien oublier. Répondre aux questions. Se sentir fouillé, sondé, gratté. Se sentir souillé. Fatigué.

Spirale sans fin.

— Courage, Ludo.

« Affaire Julien S., Martin A., Clovis R., Enzo G., Mehdi H., Thomas B. – Violences volontaires aggravées, menaces et harcèlement sur la personne de Ludovic T. – Plainte déposée le… »

Une poignée de mots. Qui accusent. Qui résument froidement ces deux ans.

Qui me disent qui je suis.

Une personne. Quelqu'un qui existe.

Je ne suis pas rien.

*

Je n'ai pas revu Julien. Ni aucun des autres de la bande. Ils ont été renvoyés définitivement de l'établissement. Ils ne sont pas revenus traîner sous mes fenêtres. Ils ont disparu de ma vie. Mais leurs fantômes sont restés.

Sur chaque pierre du collège se dessinaient leurs silhouettes, dans chaque classe résonnaient leurs voix. Les murs conservaient l'odeur âcre de leur haine. À mon oreille, le serpent sifflait sans cesse sa menace sourde.

Ma mère a dit : « Nous allons déménager cet été. »

*

La porte arrière du camion se referme sur la dernière pile de cartons. Je lève les yeux. Au-dessus de moi, le balcon projette un rectangle d'ombre. Je n'ai déjà plus aucun lien avec cet endroit où j'ai grandi.

Le nouvel appartement se trouve à Lyon, tout près de l'Opéra. Le loyer est exorbitant, on ne partira pas en vacances. C'est un endroit minuscule, mais on l'adore. Il ressemble à une coquille d'escargot. Il faut passer par la cuisine pour aller au salon, par le salon pour se rendre à la salle de bains, par la salle de bains pour rejoindre nos chambres. La mienne s'ouvre sur les toits. Je peux m'asseoir sur le rebord de la fenêtre et contempler la ville sans que personne ne me voie. J'aimerais bien avoir un chat.

*

Nous visitons le collège où j'irai en septembre. Dans la cour, il y a un énorme chêne. Je pense à Alice.

T'as vu ton tronc, mon pauvre ? T'es carrément obèse !

Fou rire. Ma mère me regarde, étonnée. Je n'avais pas ri depuis...

*

— Allez, viens ! Faut que je t'emmène quelque part, tu te souviens ?

Devant moi, la queue-de-cheval d'Alice marque la cadence de ses pas.

Rue de Cléry. Numéro douze bis. Une porte en fer forgé, un chemin gravillonné qui contourne la maison. Derrière, un local, entre les arbres et les iris. On entre.

Le son me saisit. Sono poussée à fond. Murs vides, pas un meuble, un frigo américain, quelques coussins et des sacs de sport entassés dans un coin. Des projecteurs... Ils sont trois, et ils dansent.

Le rythme s'infiltre sous leur peau, court dans leurs veines, fuse dans leurs gestes. Ils sont souples, rapides, enchaînent les sauts. Ils planent au sol, tournoient en équilibre, poignet fléchi, ils s'arquent, bondissent, se rétablissent. L'un d'eux s'élance sur une main, appui bref, jambes tendues vers le ciel, pulsion, réception sur l'autre main, puis il recommence, inlassablement, derviche tourneur tête en bas, avion à l'envers. Tourne, tourne, vole et vrille, de plus en plus vite. Les autres font cercle autour de lui, ils frappent dans leurs mains, scandent son prénom, l'acclament, c'est comme une transe. Fin.

Ivres d'épuisement, ils se laissent tomber sur le sol, bras en croix.

Alice applaudit, m'entraîne.

— Ludo, je te présente, Jilani, Anna, et Ben.

— Heu... salut, je dis.

— Salut !

— Ça va ?

— Tu veux du coca ?

Sur le béton froid, leurs visages inondés de sueur me sourient.

C'est aussi simple que ça. Aucune question qui dérange, rien de flou, pas un regard en biais. Ils se relèvent, chahutent, plaisantent ensemble, commentent leurs enchaînements, me mêlent à la conversation sans s'étonner de ma présence, partagent leur soda avec moi, « Ça ne te gêne pas de boire à la bouteille ? On a la flemme de laver les verres ! »

— Bon, on met un truc qui pulse ? J'ai besoin de me défouler, moi !

Musique.

Vibration.

Alice quitte son blouson, chausse ses baskets blanches, commence à onduler, rejette la tête en arrière, bat la mesure avec ses hanches... de nouveau, ils dansent.

Assis dos au mur, je les regarde.

Je pourrais rester là jusqu'à la nuit des temps.

J'aimerais être leur souffle, l'air qu'ils brassent, les cheveux d'Alice qui s'échappent, j'aimerais être leurs mains qui caressent l'espace, le saisissent, le déplacent, j'aimerais être leurs bras comme des ailes, j'aimerais être leur joie, j'aimerais être leur liberté. Je suis hypnotisé.

*

— Alors ? Comment tu as trouvé ?
— Génial ! J'ai adoré !

— Ludo ?

Alice s'arrête de marcher, me regarde. Je stoppe à mon tour :

— Qu'est-ce qu'il y a ?

Le gris intense de la mer de Chine m'envahit. Me bouleverse.

— Ça te dirait d'essayer ?

— D'essayer quoi ?

— La danse ! Il manque quelqu'un dans le groupe, un chiffre pair, c'est trop équilibré. Ça fait des mois que j'y pense ! Rejoins-nous !

— T'es folle ? Je n'y connais rien au breakdance !

— C'est juste du hip-hop au sol... on fait pas mal de jookin' aussi !

Elle sourit.

— Je ne sais même pas faire la différence !

— Pas grave, ce qui compte, c'est pas le nom, c'est le mouvement !

— Mais enfin, Alice, tu as vu à quoi je ressemble ?

— À quoi ?

— À rien, justement !

— Non, je ne trouve pas. J'aime bien ta façon de bouger : tu glisses…

— Tu as vu vos figures ? Elles sont incroyables ! Comment veux-tu que j'arrive à faire ça ? Je ne sais même pas sauter à cloche-pied !

— C'est une question d'équilibre.

— Je n'en ai aucun !

— Ça s'apprend.

— Les autres ne voudront pas !

— Quels autres ?

— Jilani, Ben, Anna…

— Si, si, ils sont d'accord.

— …

— Alors ?

— Alors quoi ?

— Tu viendras danser avec nous ?

— Non, non ! Enfin, je ne sais pas...

*

C'est Jilani qui m'apprend.

— D'abord, tu écoutes la musique, c'est par là que ça commence. Tu chopes tous les sons qui passent ! Te limite pas, oublie les codes, les genres, la mode. Ce que tu as envie d'entendre, tu le mets. Respect, frère, et liberté. Laisse-toi imprégner, tu verras, tu auras envie de bouger.

Lynx, Yodelice, Queen, Amy Winehouse, Stormzy, Glass Animals... Yoni Wolf, Django Reinhardt, Lady Leshurr, Manu Chao, Ash Kidd, Ravel, Paul Kalkbrenner, Talisco, Bach, Big Sean, Chromatics, Beethoven... Je saisis le sens du mot universel, je comprends où Jilani veut m'emmener...

— Lâche prise, Ludo, écoute ce qui pulse au fond de toi, ne retiens rien, laisse vibrer… Les sons font exister les choses invisibles. C'est un langage. Écoute l'air qui entre et qui sort, ressens, laisse pénétrer la musique, mais… pas ici !

Il désigne mes oreilles…

— Là.

Il appuie sur mon ventre.

— C'est des tripes que tout part.

Il ne m'apprend pas à danser. Il installe un punching-ball dans un coin du local.

— D'abord, la musique, après, la boxe.

Pendant qu'ils s'entraînent sous les projecteurs, j'enfonce mes poings dans le sac, je tape, je frappe. De plus en plus fort, de plus en plus vrai. Je cogne. Comme une bête, comme un fou, comme si ma vie en dépendait ! Jusqu'à ce que je sente céder les premières résistances, jusqu'à ce que le corps existe, que j'arrête de survivre et que j'accepte de vivre.

Alors je danse.

*

Je ne deviens pas un héros. Les mouvements sont difficiles, mon corps n'est pas docile, pas habitué à l'effort. Il me faudra du temps et de l'entraînement. Je ne cherche pas à les imiter, j'avance à mon rythme... Comme dit Alice, « ce qui compte, c'est le mouvement ».

Je n'ai aucune technique, aucune souplesse, rien dans les muscles. J'ai pris l'habitude de marcher courbé, tête baissée, menton sur la poitrine. Si je glisse, c'est pour mieux me planquer.

— T'angoisse pas, cherche pas à être un autre, frère. Tu es toi ! Commence entortillé... et déroule !

Je suis un équilibriste mutilé sur une ligne en pointillé, je ne sais pas où aller, je n'ose pas me poser.

— Boxe ! Allez, vas-y, lâche tout, Ludo ! Balance !

J'avance, je recule, je perds pied.

— Recentre-toi sur le rythme. Résonne !

Des vagues, des secousses, des ondes, le son est mouvement. Des soupirs, des asphyxies, des silences, un souffle, il est respiration… Je renais, lentement, hésitant.

— Faut se laisser submerger ! On a toujours peur de s'écraser et finalement, on se dépasse.

Je me dépasse.

*

Alice qui s'élance remplit l'espace, gonfle mon cœur.

*

On danse à deux, à trois, à cinq… On mêle nos traces, on s'imprime, on s'empreinte, on se relie. Je me cicatrise. On se moule, on s'enroule, on se mémorise. Je me livre.

— La danse, frère, c'est un cercle que tu traces avec le geste, quelque chose de plein. C'est une histoire que tu racontes, avec un début, un milieu, et une fin.

*

En face de l'Hôtel de Ville, sur le parvis de l'Opéra, c'est tous les soirs le grand rassemblement des Bboys et des Bgirls, le rendez-vous des street danseurs. Ils lancent le son et les corps. Tout ce qui sort vient de loin, c'est sincère et profond. J'aime les admirer, calé contre un pilier. Alice a raison, les gens sont des arbres. Avec des racines, des troncs et des branches. Ça souffle dans tous les sens, c'est vivant, intense, je n'arrive pas à décrire ce que je ressens... À la fois une tempête et un grand calme. C'est un sentiment indéfinissable.

Je m'entraîne à oser.
Oser dire à Julien de la fermer quand il hurle dans mon sommeil. Oser mettre un tee-shirt coloré, une casquette, trouver un style. Oser donner mon accord au psy, comprendre, panser, réparer l'intérieur. Oser monter sur la balance. Oser accepter ce qui est bon pour moi. Oser inviter Alice au concert d'Orelsan...
Oser, ce soir, devant l'Opéra. Mettre le son sur mon enceinte et me lancer sur le marbre noir. Oser sentir les regards se poser sur moi, les silhouettes s'avancer, m'entourer. Oser tendre une main, jeter un bras, lever une épaule, décomposer le mouvement. Oser casser la nuque, plier le cou, enrouler ma tête, mes bras, mon ventre.

Je suis seul dans la foule, je suis un arbre dans la forêt. À tous ces gens qui ne me connaissent pas, je raconte mon histoire.

Début.

Je me vide, je ploie, je casse.

Milieu.

Je m'écroule, je me tasse, je m'éreinte, je m'efface…

Dans l'air, mes bras tracent le chemin de la peur, mes doigts tremblent, supplient, implorent, mon corps se tord, tombe comme une masse. Je fais onduler le serpent, enfler la douleur, je me barricade. Mes mains s'ouvrent comme un mur protecteur, un rempart. Je raconte la présence de l'autre, le lien qui nous lie, je danse la fragilité, je deviens léger. Je raconte la peur qui s'éloigne quand les ondes me portent, je déroule le fil solide qui se tend sous mes pas, funambule malhabile, je deviens équilibre. J'oublie où je suis. Je sens la chaleur de ceux qui m'entourent, j'entends leurs mains qui m'encouragent, mais je pars, me détache, je suis l'oiseau qui a le vent dans les ailes, le vent dans les voiles. J'oublie la souffrance, les longues journées de long désert, j'oublie le froid, j'oublie la sueur comme un linceul.

Je retrouve mon corps, je lui donne la parole. Je me rejoins, je me relie.

Je suis.

Je ne raconte pas la fin. Il n'y a pas de fin.

Tout a une suite.

Un mot de l'auteur...

En France, 10 % des collégiens subissent des harcèlements scolaires.

Cela signifie que sur dix élèves, il y a un Ludo, garçon ou fille. Une victime.

Combien de bourreaux ?

Je vous laisse imaginer.

Je ne le supporte pas. C'est intolérable qu'un être souffre et se terre parce que d'autres, en face, le jugent, jouent aux caïds, se prennent pour des stars.

Ce n'est pas normal, pas juste de laisser faire. Ce n'est pas digne, pas humain.

Si toi qui as lu cette histoire, tu es un Ludo... parle, raconte. Ce n'est pas facile, mais essaie d'oser... Tourne-toi vers quelqu'un. Tu ne le sais pas, mais des oreilles existent pour t'écouter. Ne garde pas ta souffrance enfouie. N'oublie pas que nul n'a le droit de t'injurier, de te frapper. Tu ne le mérites pas. N'oublie pas...

Si tu es un bourreau... Arrête.
Tu fais n'importe quoi.
Stop.

Le harcèlement,
pour l'arrêter, il faut en parler.

Sur internet
https://www.nonauharcelement.education.gouv.fr/

Par téléphone
Appelle le 3020 (appel gratuit)

N° VERT « NON AU HARCÈLEMENT »
Du lundi au vendredi de 9 h à 20 h
et le samedi de 9 h à 18 h (sauf les jours fériés)

Achevé d'imprimer en janvier 2019
par La Tipografica Varese Srl - Varese en Italie
N° éditeur : 2018 - 1574 – Dépôt légal : mars 2018